Oceani. 271

Della stessa autrice presso La nave di Teseo

Un dettaglio minore

Adania Shibli

Sensi

Traduzione e postfazione
di Monica Ruocco

La nave di Teseo

Titolo originale: مساس

ISBN 978-88-346-1984-1

Prima edizione La nave di Teseo febbraio 2025

Colori

I

Il grande serbatoio d'acqua poggia su quattro piedi e, da lontano, somiglia a una formica perfettamente immobile.

Un tempo era di un colore diverso. Ha resistito finché è stato attaccato da una piccola macchia di ruggine che si è allargata sempre di più e lo ha ricoperto tutto di marrone.

Dietro a uno dei sostegni del serbatoio sta ferma in piedi la ragazzina. Il marrone che la ricopre non è dovuto a una macchia di ruggine ma dal fatto che la sarta, per confezionare l'abito di sua madre, non ha utilizzato tutto lo scampolo di lana pesante e marrone attraversata qua e là da fili dorati. Ne era rimasto un piccolo ritaglio, appena sufficiente per cucirle un vestito.

Gli occhi della ragazzina fissano uno dei piedi che reggono il serbatoio. La ruggine è scrostata e penzola sotto forma di piccoli quadratini e frammenti che gli conferiscono un aspetto ruvido. La ragazzina tende la mano verso uno dei piedi e preme forte fino a sentire il rumore leggero dei pezzetti di ruggine fredda che si sfaldano. Poi si sfrega la mano, alcune scaglie di ruggine cadono a terra mentre altre rimangono attaccate.

Sente il freddo di quei frammenti sulla sua mano, così la sposta dall'ombra del serbatoio per riscaldarla un po'. Fuori da quel cono d'ombra, oltre alle scaglie di ruggine marrone, minuscoli puntini cominciano a scintillare su tutta la mano.

Oro.

Al sole, quelle scaglie marroni e dorate si trasformano in un guanto morbido e trasparente che si intona perfettamente al vestito.

L'altra mano non regge niente, è ancora chiusa in un pugno. La apre, è umida di sudore. Quando la espone al sole, anche quella brilla di puntini e fili dorati. La avvicina a uno dei piedi del serbatoio per aggiungerle un po' di marrone e di scaglie dorate e farla brillare ancora di più ma, invece dell'oro, vi rimane attaccata solo la ruggine ruvida. Ruvida come la lana del suo vestito.

La ragazzina si nasconde dietro al serbatoio per fare pipì. Il silenzio avvolge ogni cosa. Non riesce a tenersi il vestito con le mani, perché su una c'è il guanto e l'altra è tutta ruvida e le dà fastidio. Così la pipì comincia, autonomamente, a scorrerle giù tra le cosce in due rivoli. Rimane lì, in piedi sotto il sole, a giocare con il marrone e il dorato sulle sue mani e sul vestito, mentre la pipì le si asciuga tra le gambe.

II

La ragazzina è seduta sopra le balle di fieno nel cassone scoperto dell'automobile mentre, all'interno, suo padre guida su per la collina.

Dalla cima spunta un arcobaleno, attraversa il cielo, scende sulle valli e poi svanisce.

Di tanto in tanto, alcuni colori del paesaggio circostante scompaiono, e rimangono soltanto il verde delle colline, il giallo del fieno e l'azzurro del cielo estivo. Prima della fine della primavera i pastelli verdi e rossi erano già tutti consumati, tanto era stata abbondante la fioritura degli anemoni. Il pastello rosa, invece, sarebbe durato ancora molti inverni.

Quando arrivano su, la cima non si rivela poi così appuntita come sembrava dal basso. È piatta come un qualsiasi campo e sopra c'è una abitazione solitaria. Il padre scende dall'auto per scomparire velocemente dietro le statue e gli alberi, oltre la recinzione.

La ragazzina rimane seduta sul fieno ad aspettare.

Il pastello che sarebbe durato più a lungo sarebbe stato il viola. Era spuntato un solo fiore di violetta, subito svanito, e un solo arcobaleno, scomparso anche lui.

Ora che la cima non è più un punto lontano, la ragazzina si mette a cercare il posto da cui è venuto fuori l'arcobaleno.

Ci sono tantissimi colori tutt'intorno, anche sulle finestre dell'abitazione. Piccoli quadrati colorati formano da lontano la figura di un uomo a cavallo che uccide un drago e, quando si avvicina di più alla finestra, scorge appesa a una parete la foto di un lupo e, sotto, il padre seduto accanto a una donna.

La ragazzina continua a cercare una traccia dell'arcobaleno e si allontana tra gli alberi. Sotto i fusti sono ammassate foglie secche e leggere. Lo scricchiolio che fanno sotto i piedi è l'unico rumore che si riesce a sentire sulla collina. All'improvviso, si alza un vento che comincia a far tremare le altre foglie e avvicina il sole alla fine del cielo.

Tutto intorno, gli alberi e i sentieri si confondono. La ragazzina procede seguendo il movimento del sole e cercando di impedire all'ombra di inghiottire i colori e farli sparire. Poi si mette a correre e a correre, sempre più velocemente, finché raggiunge il fianco della collina.

Lì, sul crinale, scorge il cielo allungarsi sui campi lontani e, dietro di essi, il sole sparire trascinandosi dietro una lunga striscia viola, l'ultimo colore del giorno.

III

Hanno trovato tutti qualcosa di nero da indossare, tranne la ragazzina. Cominciano a cercare un vestito nero tra le sue cose, poi tentano di improvvisare. La ricerca fa quasi dimenticare alla famiglia il dolore del lutto, così decidono che dovrà arrangiarsi da sola.

L'anta di legno dell'armadio non si chiude bene, perché più nessuno l'ha riparata o si è preoccupato di farlo.

La ragazzina getta tutto quello che trova nello stretto spazio tra l'armadio e i letti. Il mucchio di vestiti rimane multicolore, al contrario di quello che aveva detto il severo maestro di disegno, e cioè che tutti i colori mischiati insieme danno il bianco.

Vincono, per essere la cosa più vicina al nero, un paio di pantaloni di velluto blu scuro e una camicia di lana che, al blu scuro, alterna piccole fibre di altri colori. Solo dopo averli indossati si accorge che i pantaloni hanno un buco sul ginocchio sinistro.

Sulla strada per la moschea compra una bottiglia di Coca-Cola avvolta da una fascia rossa. Il liquido che c'è dentro è nero o, almeno, è più nero di qualsiasi altro colore attorno a lei. Continua a camminare con la bottiglia nella mano destra, mentre con la sinistra copre il buco nei pantaloni.

È l'ultima a entrare nel cortile della moschea. Quando arriva, scopre che la madre è svenuta ed è stata portata nell'ambulanza parcheggiata sul retro, così si dirige da quella parte.

Il portellone posteriore dell'ambulanza è aperto, ma non riesce a raggiungerlo a causa di tutte quelle donne vestite di nero che formano un muro spesso e impenetrabile. Non riesce neppure a vedere la punta delle scarpe di sua madre: più la folla di donne in nero si infittisce, più lei viene ricacciata indietro con i suoi vestiti blu scuro. Non ce la fa più, mentre con la mano destra regge la bottiglia e con la sinistra copre il buco. Non può assolutamente spostarla, altrimenti tutti lo noterebbero.

Gli spintoni diventano sempre più forti e ogni volta la mano si sposta dal buco, allora preme sempre di più, con tutta la forza, anche con la mano destra che si indebolisce e non riesce a tenere dritta la bottiglia. A ogni passo indietro un po' del liquido nero esce di fuori. Non devono vedere il buco.

All'estremità del cortile si alza il muro della moschea, che ora si trova alle spalle della ragazzina e le impedisce di essere spinta ancora più indietro. Resta lì, a guardare verso l'ambulanza il cui colore bianco non si vede più, coperto com'è dalla cortina nera delle donne. Sull'ambulanza, invece, la luce rossa continua a girare all'interno di se stessa senza che nessun velo la copra, alternando rosso scuro a rosso chiaro. Aspetta che torni il rosso scuro, perché le ricorda la carta rossa che avvolge la bottiglia di Coca-Cola ormai vuota.

IV

Quel bagliore che appare in lontananza sono gli occhi del vicino. In mezzo ai campi, i suoi occhi brillano di verde.

La ragazzina è distesa sull'erba verde. Lui si fa sempre più vicino finché è sopra di lei. Da dietro, il cielo lo avvolge, e il bulbo dei suoi occhi avvolge l'iride di azzurro.

È così vicino che i lineamenti del suo viso non si distinguono più, ma i nasi di entrambi impediscono che i due volti si avvicinino ancora. I loro corpi si avvolgono in un corpo solo.

Il vicino è disteso sulle dure zolle di terra. In inverno la terra fangosa diventa un tutt'uno con i loro corpi, e i suoi occhi si fanno marroni.

Le sfiora il collo con le dita. Lei ha la mano poggiata sul terreno, poi la solleva verso gli occhi di lui. Lui le accarezza il collo, e lei fa scivolare la mano sugli occhi di lui. Lui le stringe il collo e lei spinge la mano sui suoi occhi fino a fargli male. Lui si allontana, non vuole più giocare con lei.

Rientrano a casa insieme. Dietro di loro la polvere grigia della strada si solleva coprendo ogni cosa, ma gli occhi del vicino non diventano grigi. Brillano di nuovo.

La ragazzina prende un sentiero laterale che si allontana sempre di più da quello del vicino che, a un certo punto, scompare.

Procede ancora quando, da lontano, sotto un albero ricoperto di polvere, appare nuovamente un bagliore. Si avvicina.

Nell'ombra scorge un serpente avvolto da ogni lato da polvere grigia la cui pelle, nonostante la polvere, continua a brillare.

V

La madre si è arrotolata le maniche del vestito fino ai gomiti, ora le si vedono i bracciali d'oro. La ragazzina si spoglia e si accovaccia sul pavimento della grande stanza da bagno. Si stringe il corpo con le braccia, guarda i freddi bracciali d'oro.

Tre volte per i capelli, tre volte per il corpo.

La madre la lava, finché lei comincia a sognare. Sogna la madre sdraiata nel cortile dei vicini, distesa sul fianco destro, con il vestito sollevato fino a scoprirle le gambe bianche. L'anziano vicino sta ai suoi piedi e, dietro di lui, sua moglie. Ha in mano un coltello con cui trafigge la gamba sinistra della madre, ma senza farla sanguinare, le ferite diventano semplicemente blu. La madre ride, e così il vicino e sua moglie. La gamba della madre è ricoperta di macchie e di linee blu.

La ragazzina non è corsa in bagno prima della madre e non vuole lavarsi, finché l'ottava sorella non va a cercarla.

La madre poggia la grossa pentola a terra e le lascia da sole.

Si spogliano e si avvicinano alla pentola di acqua calda. L'ottava sorella prende la brocca di plastica, la immerge nella pentola e si versa l'acqua sui capelli. Poi la riempie di nuovo e se la versa sul corpo. La terza volta, con una mano regge la brocca mentre con l'altra prende il sapone e se lo passa sui capelli. Di tanto in tanto si versa un po' d'acqua sulla testa. La schiuma bianca svanisce, ma mai del tutto. Ce n'è ancora un poco sulla testa, mentre un altro po' le scivola sulla schiena, e quella che rimane continua a scorrere sopra l'acqua sul pavimento del bagno. Passa da una mattonella all'altra, a volte facilmente, altre volte con maggiore difficoltà, in base alla quantità d'acqua versata dall'ottava sorella, che continua a tenere la brocca con la mano destra. Prima la brocca era di colore blu, poi è diventata un po' bianca per tutte le volte che si è graffiata cadendo a terra e anche ora, a causa del sapone che vi è rimasto attaccato.

Il freddo ha raggiunto ogni parte del corpo della ragazzina, che aspetta il suo turno per prendere la brocca. Tende il braccio verso l'ottava sorella per afferrare la brocca, ma quella gliel'allontana. Allora le piomba addosso solo che, invece di afferrare la brocca, urta la pentola che si rovescia insieme all'acqua.

L'ottava sorella la spinge per terra nell'acqua mista al sapone, allo sporco e al freddo.

Si picchiano in silenzio.

La ragazzina si lava con l'acqua fredda del rubinetto, una volta i capelli e una volta il corpo, sempre senza sapone. Il dolore per l'acqua fredda attutisce quello causato dalle botte che ha preso. Il giorno dopo, tutti i punti dove è stata colpita saranno coperti di macchie e linee blu, le braccia, il busto e soprattutto le gambe.

VI

I muri della facciata esterna della casa sono completamente scrostati, ma nessuno sembra accorgersene, nessuno fa caso ai colori che a poco a poco sbiadiscono. Comunque, se dalla porta di casa si guarda verso il balcone, si nota che la pittura è tutta scolorita, a differenza del paesaggio su cui si affaccia.

I muri scrostati somigliano a una mano ustionata, gonfia e infiammata. La ragazzina si avvicina a un pilastro e passa le unghie sul punto più infiammato di tutti. Un piccolo frammento di pittura rimane incastrato tra l'unghia e il dito, ma quando solleva la testa per toglierlo via contrae il volto e chiude gli occhi dopo essersi scontrata con il sole. Quando, con gli occhi chiusi, vede l'arancione avvolgere ogni cosa, si dimentica completamente del frammento di pittura. Quando li riapre, il mondo torna come prima. Allora richiude in fretta gli occhi e il mondo ridiventa arancione.

Il sole è vicinissimo e la ragazzina sente il calore sulla testa e poi sul corpo. Si volta indietro e guarda verso la porta. La madre sta lì, ferma, accanto alla lavatrice. Nei giorni di grande caldo, la madre raccoglie tutti i vestiti per lavarli. Attorno a lei si ammassano cumuli multicolori. Chiude di nuovo gli occhi per vedere ogni cosa ridiventare arancione, poi la lavatrice si avvia con il suo ritmo monotono. Il rumore si impossessa del mondo circostante e la ragazzina abbandona il balcone per rifugiarsi nell'auto di suo padre.

Nell'auto, quando richiude gli occhi, l'arancione è scomparso.

È trascorsa più di mezza giornata, le ombre si sono di nuovo allungate, i vestiti lavati sono quasi asciutti, e la ragazzina è sempre lì a osservare lo spiazzo vuoto attraverso lo specchietto retrovisore fissato al centro dell'automobile. Di tanto in tanto chiude gli occhi, sperando che l'arancione compaia di nuovo.

In mezzo alla quiete incandescente, un'auto entra nello specchietto retrovisore e compie qualche giro nel cortile prima di fermarsi all'ombra. Le portiere si aprono per richiudersi alle spalle di quattro uomini. Il più giovane indossa una camicia arancione.

VII

La scomparsa del sole permette all'oscurità di allungarsi su ogni cosa che incrocia lo sguardo della ragazzina.

Il nero ha ingoiato tutti i colori. Accende la lampada nella sua stanza, il bianco delle pareti le salta addosso mentre il nero rimane fuori, indifferente, colmando il vuoto tra le sbarre della finestra.

> *E un Segno per loro è la notte, che noi spogliamo del giorno ed ecco essi son nelle tenebre.*

Ripone sotto il letto il piccolo Corano dalle pagine sottili come la carta delle caramelle, e spegne la luce. *Ed ecco essi son nelle tenebre.*

Prima che il sole venisse creato, il colore nero riempiva tutto l'universo. Prima dell'inizio c'era il nero. Prima che lei nascesse, e dopo la sua morte, l'oscurità sarebbe tornata al suo posto, il posto che lei avrebbe lasciato libero.

Dietro l'oscurità stava Dio, che la stendeva e poi la ritirava a suo piacimento.

VIII

Quando apre la finestra nella camera buia, la ragazzina si rende conto che è già giorno. Ogni cosa all'interno del riquadro della finestra sembra sbiadita, come se i colori si trovassero in uno stato di catalessi. Allontana lo sguardo dalla finestra ed esce a camminare.

Procede a testa bassa, con lo sguardo fisso sulla strada monocolore. Fatta eccezione per qualche mucchio di spazzatura colorata, la strada è in bianco e nero. Qui, una macchia più scura lasciata dall'olio di un'automobile o dall'urina, circondata da altre macchie più piccole. Lì un chewing-gum bianco diventato grigio a furia di essere schiacciato dagli pneumatici delle automobili e dai piedi dei passanti. Qui e lì, pezzi di vetro sparsi, forse a causa di un incidente, e preceduti da due larghe strisce parallele nere come la pece, probabilmente lasciate da freni che hanno cercato invano di impedire alle ruote di girare. La ragazzina si guarda indietro per controllare se, a sua volta, sta lasciando qualche traccia.

La strada si allunga, fino a un punto in cui petali di fiori bianchi ricoprono la maggior parte del selciato.

La ragazzina solleva lo sguardo verso l'alto e scorge un grande mandorlo dietro un alto muro. Col tempo i suoi rami hanno sconfinato oltre il muro e si sono allungati sulla strada. I rami sono coperti di fiori bianchi e gli spazi vuoti sono riempiti dal blu del cielo.

I contorni del suo abito da sposa si confondono con il muro alle sue spalle.

Ma ora, sulla strada, il bianco spicca contro il nero dell'asfalto e l'azzurro del cielo.

Silenzio

I

Ondate di rumori avanzano verso la ragazzina. Ogni rumore cerca di arrivare per primo e abbattersi come un martello sulle sue orecchie pronte ad accoglierlo. Sente suo fratello gridare, poi una mosca che si allontana, quindi il brusio del contatore dell'elettricità.

In tutto il mondo non esiste un attimo di silenzio.

I rumori penetrano nelle sue orecchie e non riescono più a uscire, anzi si ammucchiano uno sull'altro. Si infila un dito nell'orecchio cercando di tirarli fuori, ma non ci riesce. Prova a sedersi dietro le orecchie di qualcun altro affinché accolga i nuovi rumori al posto suo, ma anche stavolta il tentativo si rivela inutile, perché i rumori vogliono penetrare nelle orecchie di tutti.

Fa molto caldo e sempre, quando fa caldo, la lavatrice, e accanto a essa sua madre, riproduce ostinatamente quel rumore monotono che fa da sfondo a ogni cosa. La ragazzina si mette a cercare un po' di silenzio per riposare ma, prima che lo possa trovare, un dolore lancinante le perfora i timpani. Si tappa le orecchie, ma dietro le orecchie tappate sente comunque un rumore, come di mare, e questo non fa che aumentare il dolore, che si trasforma in malattia.

Sviene.

Dopo qualche minuto, il tempo che il suo corpo diventi brace, i rumori non arrivano più. Neppure il rumore dell'acqua fredda che sua madre le versa addosso, sul suo corpo in fiamme. Quando si avviano, tutti e tre insieme, non c'è nessuna differenza tra le labbra di sua madre che si muovono incessantemente e quelle immobili di suo padre.

Una volta arrivati in una stanza bianca, suo padre deposita su un letto molto alto la ragazzina che tiene tra le braccia. Quando il medico allunga la mano verso il suo vestito per sollevarlo, lei lo respinge con tutta la forza che le è rimasta. Con una piccola torcia guarda nell'interno delle sue orecchie per cercare i rumori che vi erano rimasti intrappolati, mentre le sue labbra non smettono di tremare.

Il medico, senza che lei riesca ad ascoltarlo, dice che soffre di una grave otite a entrambe le orecchie. L'hanno portata giusto in tempo e, se avessero ritardato ancora, avrebbe perso l'udito. Dice anche che soffrirà di questa malattia tutta la vita, perché in ogni caso sono arrivati un po' troppo tardi. Questo è quello che, a ogni ricaduta, sua madre le avrebbe ripetuto per tutta la vita.

Sulla strada del ritorno, la madre continua a muovere le labbra con rabbia, senza sosta, mentre il padre guida sfiorando appena il volante, con le labbra serrate. Il silenzio è sospeso sulle labbra immobili di suo padre e, su di lui, gli occhi della ragazzina.

II

Un fischio acuto si è impossessato delle sue orecchie dopo lo svenimento, causato a sua volta dai rumori che vi si erano ammassati. Quando si riprende, il suo corpo è come la foglia di un albero seccata per il troppo calore.

La ragazzina è distesa sul suo letto, immersa nel silenzio. La madre, seduta accanto a lei, fa scivolare nelle sue orecchie un liquido oleoso. Dopo qualche giorno, la madre la riporta dal medico che, a sua volta, la spedisce dall'infermiere. Quest'ultimo la avvolge in un telo di plastica e le sistema un freddo recipiente di metallo sotto il collo e le orecchie. Poi, con un tubo simile a una gigantesca siringa, le spruzza nelle orecchie un getto d'acqua che finisce nel recipiente sotto di lei. Al termine di quest'operazione, il paradiso del silenzio sparisce per lasciare di nuovo il posto al mondo dei rumori.

A casa c'è un rumore costante, che smette soltanto quando la madre prega, oppure davanti alla porta chiusa a chiave della camera da letto dei suoi genitori. In quelle occasioni perfino il televisore rispetta il pudore familiare, ma la preghiera dura troppo poco e la porta si riapre quasi subito. Non c'è altra via di fuga se non quella da tutti i rumori possibili e dalla malattia, alla ricerca del silenzio.

La ragazzina smette di mangiare a tavola con i suoi fratelli e sorelle, dove c'è più chiasso che cibo, e comincia a mangiare da sola. Dorme da sola in salotto, perché le urla seguono le sorelle fino in camera da letto. Qualche tempo dopo suo padre alza una parete tra il suo letto e gli ospiti, perché le urla degli ospiti sono ancora più forti di quelle dei suoi fratelli e sorelle.

Ma i rumori continuano a penetrare in camera sua attraverso il buco della serratura, dalla fessura tra la porta e il pavimento, e anche tra la porta e il telaio e da ogni parte.

Di giorno si allontana nei campi e la sera si infila nell'auto di suo padre per rientrare soltanto dopo che tutti si sono addormentati. Posa le chiavi dell'auto sul termosifone ed entra in camera sua, fino a quando non sente un nuovo rumore, allora esce di nuovo.

Soltanto la solitudine le garantisce un posto nel silenzio.

III

Il padre siede a gambe incrociate sul tappeto a righe multicolori, e le sue gambe sono talmente lunghe da cingere più della metà del grande piatto rotondo, mentre la ragazzina riesce appena ad avvicinarsi alla parte restante. Il padre sgranocchia cetrioli e il rumore che proviene dalla sua bocca si adagia sul piatto che li separa.

Poco dopo si avviano verso l'automobile.

L'auto li conduce non importa dove, avvolgendoli nel silenzio e nella solitudine, mentre immagini diverse sfrecciano rapide fuori dal finestrino. Il silenzio dell'auto li accompagna fino alla fine del percorso, il cortile di casa. Anche il cortile è silenzioso finché, dal lato destro, comincia a riempirsi delle sorelle che sopraggiungono giocando o litigando accompagnate, in entrambi i casi, da un chiasso esagerato. La ragazzina, allora, ripiega verso l'auto e le osserva attraverso lo specchietto retrovisore, mentre le loro voci attraversano i finestrini in un sussurro.

In un angolo dello specchietto c'è la settima sorella accanto a due pietre su cui è appoggiato un ramoscello. La sorella ha in mano un bastone che avvicina al ramoscello. Guarda verso l'alto e poi verso il ramoscello, ancora verso l'alto e poi verso il ramoscello, di nuovo verso l'alto prima di colpire, alla fine, il ramoscello con il bastone. Il ramoscello attraversa lo specchietto come una freccia, sparisce e, dietro di lui, spariscono anche le sorelle che riappaiono di nuovo, per scomparire un'altra volta all'inseguimento del ramoscello. Finché inizia a cadere la pioggia che le fa sparire in casa una volta per tutte.

Sul tetto dell'auto cadono le prime gocce di pioggia. Poi comincia a piovere sempre più intensamente e il rumore della pioggia diventa dolce come un mormorio. Dall'interno dell'auto, l'umidità e i rumori sembrano distanti, mentre a scuola, quando fuori piove, il suono rimbomba anche all'interno dell'aula. Il silenzio cade soltanto quando si sentono dei leggeri colpi alla porta dietro la quale sta il vicino che le porta il cappotto.

A scuola tutti dicono che il vicino è innamorato di lei.

La pioggia smette, la ragazzina apre la portiera dell'automobile e chiude gli occhi per impedire al vento forte di irritarli. Cammina attraversando il cortile, poi nel fango fino all'albero dietro la casa del vicino. Aspetta che lui esca.

Camminano insieme nel fango, poi attraversano il cortile fino all'automobile. Non appena chiudono la portiera, ricomincia a piovere. Cominciano a giocare in silenzio.

Una mano si avvicina al corpo dell'altro con la stessa rapidità con cui la mano della settima sorella si avvicinava al ramoscello. Lei posa la mano su quella di lui. Poi lei poggia la mano sul viso di lui. Lui posa la mano sulla gamba di lei. Lei sfiora i capelli di lui. Lui poggia la mano sulle spalle di lei. Lei fa scivolare la mano sotto la maglia di lui, sul petto. La mano di lei riesce a sentire i battiti del cuore di lui e, quando la allontana, quelli spariscono.

Giocano finché smette di piovere. La ragazzina non ha più posato la mano sul cuore del vicino, affinché il silenzio preservi il segreto del loro gioco che chiamano *r-o-m-a*.

IV

La ragazzina si sporge dal bordo del balcone, appoggiata al pilastro dalla pittura scrostata. Il velo di sua madre le copre i capelli. Lo sguardo incollato sulla strada che si allunga davanti ai suoi occhi. Da lontano, sembra che non arrivi nessun rumore.

Quando saranno passate diciassette automobili, suo fratello arriverà. Uno, due, tre, quattro, cinque, sei, sette, otto, nove, dieci, undici, non sa se il fratello tornerà, quattordici, quindici, magari tornasse, sedici, forse non tornerà, diciassette. La sirena dell'ambulanza le strappa il velo dalle orecchie.

Il sibilo della sirena che si avvicina le ricorda le prime increspature di un'onda. Quanto più si avvicina alla riva, tanto più aumentano la sua potenza e il fragore, simile a quello delle grida delle donne, impetuose come la sua schiuma.

L'ambulanza entra nel cortile di casa.

Schiaccia il viso contro il pilastro, nonostante la pittura scrostata. I suoi occhi fissano il portellone posteriore dell'ambulanza, che si apre. Suo fratello salterà fuori, correrà veloce su per le scale e le strapperà il velo dalle orecchie gridando a più non posso. Poi lei sarebbe morta.

Il portellone si apre ma il fratello non salta fuori da solo, lo tirano giù portandolo in tutta fretta sulle scale verso il balcone e poi oltre la porta di casa.

Poco dopo, scivola dentro anche lei.

La madre è seduta sul tappeto a righe multicolori, con le gambe che abbracciano la testa immobile del fratello. Un lenzuolo ben stirato, bianco a quadretti marrone chiaro, avvolge il resto del suo corpo immerso nel silenzio. Da lui non proviene alcun rumore.

La ragazzina tende bene le orecchie verso il fratello morto. Il silenzio rimarrà la sua unica forma di esistenza, per sempre.

V

La madre apre l'armadio al cui interno si nascondono due piccoli cassetti. Uno è del padre, ed è pieno di calzini. L'altro è della madre, e non è pieno.

La ragazzina non si avvicina al grande armadio, rimane sul letto del padre a osservare da lontano cosa succede, ma gli abiti neri della madre le impediscono di vedere. Le arriva soltanto il rumore della madre che rovista nel secondo cassetto e il tintinnio dei bracciali d'oro sul polso.

Quando la madre si volta, ha una piccola fotografia tra le dita.

Qualche giorno dopo, la piccola foto del fratello si trasforma in una grande immagine incorniciata che viene appesa alla parete sopra il televisore, come a sfidare la morte.

La porta della stanza è rettangolare e aperta, e la ragazzina può guardare la televisione dal suo letto fino all'ultimo istante prima di addormentarsi.

Quando il televisore è acceso, i suoi occhi rimangono di solito fissi sullo schermo. Dopo l'arrivo della morte, dal televisore sono sparite le immagini e quella del fratello ha preso il loro posto.

Da qualche tempo, ormai, fissa quella immagine immobile, in cui vede e vedrà per sempre il fratello con il nodo del cravattino a farfalla un po' storto, perché non ha avuto il tempo, neppure un secondo, per sistemarlo.

Se soltanto il lato sinistro del cravattino scendesse di pochissimo. Chiude gli occhi sperando che il sonno arrivi presto, poi li riapre.

La porta della stanza è dritta e rettangolare. Al centro, il televisore e, sopra il televisore, la fotografia con lo scompiglio causato dal nodo storto del cravattino.

Piega la testa, e anche il vano della porta si inclina, ma al suo interno il nodo del cravattino rimane storto.

Se il televisore fosse acceso, le immagini in movimento potrebbero imporsi su quella immobile del fratello.

Scivola verso il bordo del letto e spinge la testa all'esterno, piegandola di più per raddrizzare il nodo del cravattino. Il vano della porta continua a inclinarsi, ma il cravattino rimane storto.

Si sporge ancora fino a ritrovarsi per metà fuori dal letto, così può piegarsi quanto vuole. Appoggia una mano a terra per mantenere questa nuova posizione. Ora non vede più cose storte, ma solo oggetti che stanno per crollare. Il televisore vuole venire giù dal tavolo, il tavolo vuole sprofondare nella stanza, il vano della porta sta per cedere trascinando, nella sua caduta, anche la fotografia che crollerà riempiendo il pavimento di frantumi di vetro che si infrangeranno sulla sua mano poggiata a terra. Il vetro infilato tra le dita sarà freddo, le farà male, ci sarà sangue. Toglie di scatto la mano e cade dal letto.

Nel silenzio della casa si sente una voce flebile, quasi un pianto. In quell'istante, nel vano della porta, un'ombra scura le appare davanti all'improvviso, nascondendo il televisore e la foto.

La sesta sorella solleva la ragazzina e la rimette a letto. Poi si avvicina al televisore e lo accende con il volume al minimo, affinché questa mancanza di rispetto nei riguardi del fratello morto non svegli gli altri abitanti della casa.

La ragazzina rimane nel letto a guardare, attraverso il vano della porta, le immagini che si susseguono sullo schermo. Di tanto in tanto sposta lo sguardo verso la sesta sorella seduta accanto a lei, con cui condivide il silenzio.

VI

Un'automobile gira nel cortile di casa alla ricerca di un posto all'ombra.

Appare un primo piede che si solleva e subito ripiomba a terra, poi tocca al secondo, finché diventano otto.

I quattro continuano a percorrere il cortile in silenzio, aspettando di essere notati dagli abitanti della casa. Non fanno caso alla ragazzina immersa nel suo silenzio nell'auto del padre. Lei osserva gli uomini dallo specchietto retrovisore, poi esce e si dirige verso di loro. Quando li incrocia, continua a rimanere in silenzio.

Varca la porta di casa. Dopo poco compaiono la madre, la quarta sorella, la quinta, poi la ragazzina nascosta dietro di loro, ad accogliere i quattro imbianchini che, da quel giorno, si presentano ogni mattina.

L'amore arriva in segreto. Diventa evidente quando il maggiore dei figli presta più attenzione degli altri a quanto la quarta sorella gli spiega circa i colori e la loro disposizione nelle diverse stanze. La voce di lei, fresca come la rugiada mattutina, penetra soltanto nelle orecchie di lui.

La mattina se ne va insieme alla quarta sorella finché, a mezzogiorno, appare la quinta sorella che porta il pranzo su un grande vassoio. Avanza come se sotto i suoi piedi ci fosse un terreno soffice e regolare. La madre ha riempito le scodelle fino a sotto i volti della principessa e del principe che decorano l'interno delle ciotole. Nonostante la lunghezza e la difficoltà del percorso, la zuppa non arriva mai a coprire i due volti.

Il figlio di mezzo le va incontro a metà strada, dove non c'è nessuno, e i due volti sono separati soltanto dal vapore che si alza dalle scodelle.

La quinta sorella tiene il vassoio in due punti. Lui si avvicina e lo afferra negli stessi punti. Poiché la pittura che ha sulle mani è quasi del tutto secca, non lascia alcuna traccia sulle mani di lei al momento dello scambio. Fanno entrambi attenzione che la zuppa non esca fuori dalle scodelle. Una mano sull'altra finché, lentamente, si separano allontanandosi, mentre l'amore cresce.

La ragazzina non porta il grande vassoio del pranzo, né quello piccolo del caffè. Ogni giorno aspetta che l'amore arrivi con il figlio più giovane, ingannando l'attesa tra la casa e l'auto del padre parcheggiata di fianco a quella del padre di lui. Ma lui non arriva.

In una delle notti in cui hanno continuato a lavorare, ha aspettato che facesse giorno per chiedere agli imbianchini di tinteggiare le camere di arancio, come la sua camicia, ma avevano dipinto già tutto di bianco. Il vassoio è pulito, e il tè è stato versato in bicchierini che la ragazzina porta con una cautela tale che si trasforma in lentezza nella speranza che si trasformi in amore. È giunta a metà strada, ma l'imbianchino più giovane non le va incontro. Le mani le tremano per la fatica. Il percorso che le resta da fare è disseminato di pittura fresca colata dappertutto. Per non calpestarla, compie un giro ancora più lungo, tra scie di vernice, secchi e pennelli. Più si avvicina agli imbianchini, più le sue mani tremano. Quando li raggiunge, nei bicchierini non è rimasta neppure una goccia di tè.

La ragazzina esce di casa e si mette a fischiare forte affinché il suono le penetri nelle orecchie, così può ammalarsi di nuovo e morire lontana dagli occhi e dalle orecchie altrui.

A furia di fischiare le viene l'affanno. Si ferma per riprendere fiato, l'aria sa di vernice. Improvvisamente, tra un respiro e l'altro, sente un altro fischio. Si guarda attorno per capire da dove provenga quel suono. Non riesce a vedere la bocca che emette quel fischio, ma capisce che il suono proviene da una delle camere che stanno ridipingendo. Cominciano a fischiare insieme, giorno dopo giorno, fino alla fine dei lavori.

Poi torna il silenzio, che mette fine all'amore.

VII

La ragazzina sogna il suo corpo che si solleva in aria, mentre lei rimane giù a guardare la strada che parte da un edificio demolito e poi si trasforma in una vite ormai secca. I suoi tralci riempiono completamente la volta celeste per scomparire uno dopo l'altro, finché ne resta uno soltanto. Lei si tiene a una delle sue estremità, aspetta per un po' che arrivi Dio, poi appare un lampo color dell'uva, senza alcun tuono.

La ragazzina si alza dal letto per andare in bagno.

Di notte, il silenzio potrebbe regnare su ogni cosa se non fosse per quei rumori leggeri che rimangono soffocati dai rumori pesanti del giorno. Il letto da cui si è appena alzata. L'acqua rimasta attaccata alle palpebre di cui avverte la disgregazione quando le riapre. Soltanto Dio non emette alcun suono.

Si alza per pregare, poi si risiede.

All'inizio si è allontanata dai rumori per allontanare la malattia. Poi, allo stesso modo, i rumori hanno cominciato ad allontanarsi da lei. A scuola nessuno le rivolge la parola e a casa si sente un'estranea. Come se avesse litigato con tutto il mondo e venisse punita con il silenzio. Il silenzio si allunga ovunque posi lo sguardo. Dio aveva allontanato le voci di Adamo ed Eva dal paradiso poi, allo stesso modo, le voci si sono allontanate da lui e lo hanno dimenticato. Ma Dio è il più grande per il suo silenzio.

Con la testa penzoloni guarda le piastrelle del pavimento che perdono di brillantezza a favore delle stelle. Scorge una luce tenue soltanto dopo essersi abituata al buio.

Improvvisamente, due piedi invadono lo spazio davanti alla testa che pende. La tenue luce ne rende visibili il gonfiore e l'infezione all'unghia dell'alluce del piede destro. Lungo la strada che portava dal dottore, la ragazzina si aggrappava al vestito della madre e, a testa bassa, guardava l'unghia marcescente indicarle il percorso. Da quando ha iniziato ad andare dal medico da sola non l'ha più vista.

I piedi della madre rimangono immobili, diventando tutt'uno con il silenzio che occupa lo spazio tra loro due. Spesso, questo silenzio sembra rabbia, il resto delle volte, pesantezza.

La madre potrebbe aprire la bocca in ogni istante, e alzare il sipario di fronte ai familiari affinché assistano all'ultima scena della rappresentazione di questa malattia che è iniziata dalle orecchie ed è finita nel cervello. A quest'ora di notte, dormire è meglio che pregare.

Prima che il sipario davanti alla bocca di sua madre si alzi, la ragazzina mostra tutta la sua indifferenza. Il silenzio non potrebbe essere più pesante, né più silenzioso.

Solleva la testa verso sua madre, le cui labbra suggeriscono il ricordo di un sorriso antico.

Il sorriso della madre risponde, in silenzio, alla preghiera della ragazzina.

VIII

La voce del muezzin è come polvere fine che si disperde silenziosa nell'aria.

La ragazzina è da sola su una panchina di ferro su cui possono sedersi due persone, al massimo tre. La sponda destra della panchina è parallela alla sponda del mare.

Di fronte a lei, in lontananza, si vedono gli alti muraglioni e i ripetuti tentativi delle onde di scalarli. Si è rifugiata sull'unica panchina del porto per non farsi bagnare dalle onde che si infrangono sui muraglioni.

Come se quel mare non fosse lo stesso di quello, calmo, che le sta affianco. La luce che filtra negli abissi marini illumina dentro l'acqua il movimento di quel che resta di un sacchetto azzurro di plastica. L'ondeggiare del sacchetto di plastica assomiglia al movimento flessuoso di una sirena. Il silenzio eterno è il pegno che deve pagare la sirena che sceglie di vivere sulla terraferma, lo stesso silenzio che deve pagare il sacchetto di plastica per allontanarsi in mare. Il silenzio è il prezzo da pagare. Un altro silenzio è quello con cui ognuno ha deciso di punirla e che, nel caso di suo padre, è ineluttabile.

Quanto al silenzio riguardo al suo matrimonio, quello è intenzionale.

L'appello alla preghiera è finito.

Movimento

I

La madre è seduta su una sedia a dondolo che oscilla finché lei non smette di imprimerle il suo movimento. Quando si ferma, la madre dà una nuova spinta e quella ricomincia a muoversi. Di fronte a lei, la ragazzina sta ferma sul balcone, aggrappata alla ringhiera di ferro. Ha gli occhi rivolti verso il cielo e lo sguardo aggrappato al lembo di una nuvola. Così, inizia a vagare nello spazio, oltre il balcone, lasciandosi la madre alle spalle, finché la nuvola scompare oltre l'orizzonte. Quindi solleva di scatto lo sguardo per aspettare la nuvola successiva.

Con la testa che le gira, la ragazzina si siede sul bordo del balcone. Infila la testa tra le sbarre, che, però, non riesce a passare e si blocca un po' prima delle orecchie. In questa posizione forzata non le gira più. Ma è il resto del mondo che continua a girare, comprese le distese dei campi che si aprono davanti a lei. Milioni di fili d'erba, o forse più, si piegano nella stessa direzione delle nuvole. La morbidezza di quella distesa verde mare somiglia a quella dei raggi del sole che si infilano tra le nuvole. Tra le sbarre della ringhiera il vento soffia leggero sull'erba, la smuove e quella diventa di un verde meno verde di prima. La ragazzina segue con lo sguardo la corsa del verde fino alla fine dei campi, o fino alla fine del vento.

Estrae lentamente la testa dalle sbarre e comincia a cercare il luogo su cui è sospeso lo sguardo della madre. Prima che lo abbia trovato, la madre si alza abbandonando la sedia che continua a dondolare intensamente avanti e indietro.

La madre non fa le sue abluzioni perché non ha toccato niente di illecito dopo la preghiera di mezzogiorno. Si avvia direttamente verso la macchina da cucire su cui ha sistemato il tappeto da preghiera verde ormai logoro. Il nuovo tappeto da preghiera, quello rosso, sta ancora nell'armadio da dove aspetta di uscire, ogni anno, in occasione delle due feste, quella grande e quella piccola, alla fine del mese del pellegrinaggio e del digiuno di Ramadan.

Afferra il tappeto per due angoli, lo scuote e poi allenta la presa lasciandolo libero di cadere a terra. A volte uno degli angoli si ripiega sul lato opposto. Quando si genuflette sul tappeto, risistema l'angolo, anche se questo gesto non fa parte dei rituali della preghiera.

Dopo aver pronunciato "Gloria all'Altissimo, Gloria all'Altissimo, Gloria all'Altissimo", la madre si solleva, mentre le sue mani scivolano senza resistenza lungo il tappeto verso le ginocchia, dove infine si posano. Sul velluto del tappeto resta una traccia, lì dove sono passate le dieci dita. Dieci righe di velluto pettinano contropelo il soffice tessuto, e quello diventa di un verde meno verde di prima.

La ragazzina segue le tracce lungo il tappeto, fino alla fine della distesa di velluto verde, oltre i movimenti della madre e quelli del vento.

II

Tanto tempo prima i pastori avevano piazzato sul torrente il tronco secco di un albero per rendere più agevole il passaggio delle loro greggi.

La ragazzina sale sul tronco per osservare i girini nell'acqua. Cerca di seguire il movimento di uno di loro, ma ne perde ben presto le tracce e lo confonde con il movimento degli altri. Si spostano incessantemente e lei non può fermarli.

Solleva la mano destra sulla superficie dell'acqua e la sua ombra si riflette sul fondale grigio del torrente. Riprende a osservare le evoluzioni delle piccole creature, stavolta nell'ampia ombra della sua mano. Si abbassa ancora un po' verso l'acqua, sedendosi a mo' di rana. Così facendo, l'ombra della mano si rimpicciolisce, e riesce a racchiudere il movimento di tre girini soltanto. Quando avvicina la mano ancora di più, senza tuttavia bagnarla, l'ombra contiene il movimento di un girino soltanto. Prova a spostare l'ombra alla stessa velocità del girino, ma non riesce più a distinguerlo dagli altri. Poi l'ombra svanisce senza che lei sia a catturare nessun girino. Alla fine il sole porta via l'ombra dal torrente e si allontanano insieme prima dietro l'albero, poi oltre la collina.

Malgrado la stanchezza causata dalla battuta di pesca, la ragazzina non riesce a tenere lo sguardo lontano da tutto quello che si muove, compresa la sigaretta del padre che ha trovato seduto sul balcone una volta rientrata a casa. Tra il silenzio del padre e il suo silenzio, si alza il fumo diviso in due spirali, una che esce dal naso, l'altra dall'estremità della sigaretta. Il fumo esce dalla sigaretta seguendo un'unica linea verticale, che poi si divide in due e diventa simile a quello che esce dal naso. Segue con lo sguardo i movimenti della sigaretta nella mano del padre e prova a tagliare il fumo con la punta delle dita prima che si divida in due. Nonostante gli sforzi non riesce a fermare il fumo e quello continua a intrecciarsi alle sue dita, finché va su e si dissolve.

Il movimento del fumo ha ignorato la mano della ragazzina, come il movimento dei girini ha ignorato la sua ombra.

III

Quando arriva l'estate, l'erba verde dei campi ingiallisce nonostante sia ancora ben radicata nella terra, e diventa simile alle altre cose ruvide al tatto. Poi arrivano i macchinari verdi a tagliarla. Da vicino i monconi secchi e gialli che brillano al sole sembrano in apparenza morbidi, ma quando i piedi li calpestano ci si accorge che non lo sono affatto.

Anche se il vento che soffia in questo momento si trasformasse in una forte tempesta, non riuscirebbe a smuovere questi monconi gialli come fa con il tappeto dei campi verdi vellutati.

Le balle di fieno sono ammassate nella metà trebbiata dei campi. I pastori si avviano nel campo mescolandosi gli uni agli altri, con le greggi al seguito che si mescolano a loro volta. Dietro, la polvere, ancora dietro il sentiero, poi la valle e la collina con i suoi terrazzamenti su cui sono seduti gli spettatori di questo via vai che ha luogo quando i mietitori sono già andati via.

Per ognuno di loro questo atto rappresenta una ribellione al divieto promosso dai movimenti ambientalisti che proibisce la libera circolazione delle greggi, dei pastori e dei loro cani.

Le greggi si sono disperse nella metà trebbiata, mentre i ragazzini si sono riuniti attorno a una balla di fieno per decidere in che direzione spingerla, senza coinvolgere la ragazzina che è rimasta a guardare gli animali con il pastore più grande.

Il sole sta calando e tra poco sparirà. I suoi raggi, con l'aiuto del vento, raggiungono il naso del giovane pastore, poi salgono verso i suoi occhi costringendoli a chiudersi.

Le voci dei ragazzini si sono ormai allontanate oltre le balle di fieno. Si sente soltanto il crepitio del foraggio sotto il sedere della ragazzina e sotto la testa del pastore.

La ragazzina allunga le braccia verso il cielo morbido che si stende sopra di lei, è talmente lieve che non riesce a percepirlo al tatto, mentre i suoi piedi, dopo essersi graffiati sugli ispidi monconi gialli, si sono ricoperti di righe bianche e ruvide che si incrociano una sull'altra.

La morbidezza del cielo si trova al di sopra della morbidezza del sole che si trova al di sopra del naso del pastore, sotto il quale si piegano gli steli di erba secca. Uno di questi ha quasi raggiunto il suo orecchio, e ci arriverebbe se soltanto si voltasse verso di lei.

Il campo si riempie di attesa. Il tramonto aspetta che il sole cali, i pastori aspettano il tramonto, le capre aspettano che i pastori si muovano, e la ragazzina aspetta che il pastore si volti.

Dopo tanta attesa su ogni cosa arriva, con una mossa segreta, la vendetta.

Il pastore si volta dal lato opposto, quello dove non è stesa la ragazzina, e lo stelo di erba secca non raggiunge il suo orecchio. La ragazzina si sposta da un lato e poggia la testa vicinissima al naso dorato di lui, è tutto quello che riesce a vedere. Forse è stato il sole a far girare la testa del pastore dall'altra parte.

Non appena si manifesta la mossa segreta, il fumo comincia ad alzarsi tutto intorno. La ragazzina solleva la testa e vede il fuoco diffondersi sui campi e divorare il loro colore giallo, mentre i ragazzini scappano saltando di gioia. Tutti assistono alla mossa segreta che si trasforma in un incendio divampante mentre gli occhi del pastore rimangono chiusi. Lei si sposta ancora un po' e poggia la testa accanto a quella di lui, ma un ciuffo di fieno si frappone tra i due. Il respiro del pastore si insinua tra i monconi di erba secca e, morbido come il cielo, raggiunge il suo volto. Si avvicina ancora di più e lui non si allontana, poi ancora, finché il suo naso sfiora le labbra carnose del pastore.

I ragazzini in fuga raggiungono i due che si alzano unendosi a loro, preceduti dalle capre, mentre la collina trascina via il sole dalla loro vista.

In tutto questo movimento in avanti, i ragazzini si guardano indietro per timore che gli ambientalisti abbiano notato la loro mossa segreta. In tutto questo movimento in avanti, anche la ragazzina guarda indietro, verso il pastore, poi davanti a lei, verso i balconi lontani, per timore che qualcuno dei presenti abbia potuto notare la sua mossa segreta.

IV

Una pioggerella sottile cade sul vetro della finestra scivolando in senso contrario a quello del vento.

Nella classe ci sono tre finestre e una porta, tutte chiuse, ma il freddo entra lo stesso. Improvvisamente, regna il silenzio. Entra il maestro, ma non rimane a lungo. Si tocca il naso con la mano, poi ritorna verso la porta spalancandola con il piede in un sol colpo. Bloccata dal pavimento, non si muove più.

Sulla classe regna la calma mista al vento chc entra dalla porta aperta. Il freddo fa involontariamente muovere i corpi. Nello spazio di qualche istante, si muovono una sedia, poi un banco, una bocca, e tutto ritorna al suo posto quando sulla porta riappare il maestro. Si allontana nuovamente, non senza aver prima imposto il silenzio con un rapido sguardo gettato sull'aula carica di respiri, freddo e mosche.

L'incessante movimento delle mosche, indifferenti al freddo e al maestro, cattura l'attenzione della ragazzina. Segue con lo sguardo una mosca che salta da uno studente all'altro per poggiarsi su di lei e poi sul suo banco a sfregarsi le zampe anteriori, prima di volare verso la spalliera della sedia davanti.

La ragazzina cerca di afferrarla con le sue piccole mani, ma la mosca è più veloce. Prova ancora una volta, la stringe tra le mani, ma quella, all'ultimo momento, scappa di nuovo. La scena si ripete più volte finché la ragazzina sente un peso gravarle sulla schiena.

Il maestro è fermo dietro di lei, sorridente, con il tubo di gomma in mano, mentre i compagni di classe tacciono. Poi le loro labbra cominciano a muoversi scoppiando in una risata collettiva.

La ragazzina comincia a correre per arrivare a casa prima di ogni altro al mondo. Mentre corre, guarda la terra muoversi veloce sotto i suoi piedi. Le pietre, le piccole pozzanghere d'acqua, le zolle di fango, i pezzi di asfalto che luccicano per la pioggia, tutto sembra andare veloce come quando viaggia nell'auto di suo padre.

Distingue da lontano la madre e, accanto al volto di lei, la schiena del padre con la sciarpa rossa sulla testa, quella che indossa quando fa freddo. Gli corre incontro e gli salta sulla schiena. Quando il padre si gira verso di lei, la ragazzina scorge il volto del vicino anziano.

Scende lentamente dalla schiena di suo padre e guarda verso la sua bocca e quella della madre, entrambe piene di denti e di risate. Il vicino anziano ha un coltello in mano e, tra lui e il coltello, un pollo.

Le risate continuano per molto tempo a far volteggiare il coltello nell'aria.

V

Dopo che l'anima del fratello è salita in cielo, il cielo non è cambiato per niente, nel silenzio, nell'aspetto, e nella posizione. La ragazzina solleva gli occhi al cielo per cercare una traccia qualsiasi. Cammina e si ferma, corre e si ferma e, alla fine, si siede e cerca. Ma il cielo resta immutabile, insensibile verso tutto quello che accade sotto di esso.

Si sporge dal balcone per guardare la terra. Sotto la terra verrà deposto suo fratello, sopra la terra siederanno le donne giunte in visita.

Allontana lo sguardo da quelle e lo posa sulle automobili lontane che sembrano procedere lentamente. Arriverà con la diciassettesima.

La diciassettesima automobile lascia la strada principale in direzione del polveroso albero di fico che si trova all'entrata del viottolo che conduce alla casa.

La diciassettesima automobile si ferma nel cortile. Si apre il portellone posteriore e suo fratello viene tirato fuori su una stretta barella. Le donne guardano verso la barella, poi verso i loro piedi. I tremiti del pianto scuotono i loro corpi, e il tremito della barella portata a spalla scuote il corpo del fratello.

La ragazzina segue tutto il trasporto del corpo, dall'inizio fino a quando arriva presso la madre, in salotto, dove siede da sola. Il fratello scivola dalla barella nelle sue braccia. Nello spazio di un istante il volto del fratello è tutto bagnato perché gli occhi della madre si trovano proprio sopra di lui. Invece di asciugarsi il viso, la madre asciuga quello del figlio. Le sue mani passano dagli occhi alle guance, poi sfiorano la bocca e così via, con movimenti lenti, quasi come se stesse giocando a *r-o-m-a*. I bracciali d'oro le dondolano come al solito attorno ai polsi. Ogni bracciale spinge quello davanti finché l'ultimo sfiora il volto del fratello. Il loro tocco delicato deve essere freddo contro il suo viso. Emettono un suono piacevole quando, a ogni gesto, anche il più impercettibile, cadono uno sull'altro, nel buio della stanza.

Il pianto della madre si fa più forte e diventa un lamento. Il movimento lento dei bracciali sul volto del fratello diventa più rapido. Il salotto si riempie delle donne e delle sorelle che cercano di strappare il fratello morto dalle braccia della madre. Più quelle tirano, più la madre lo stringe a sé. Lui rimane indifferente a tutto quello che gli accade attorno.

VI

Al centro del salotto c'è uno specchio grande, mentre nell'astuccio del rasoio appeso in bagno ce n'è uno piccolo.

Un giorno sì e un giorno no, il padre si siede per radersi. La ragazzina prende una sedia e la sistema in salotto, poi gli porta l'astuccio, ne estrae il piccolo specchio e lo poggia sulla sedia. Infine, va in cucina e torna con un bicchiere riempito a metà di acqua pulita.

L'acqua nel bicchiere diventa sporca alla stessa velocità con cui il mento del padre diventa pulito, aiutato dalla mano che guida con fermezza il vecchio pennello. Sulle orecchie è rimasto un po' di sapone. Si siedono, lui per fare colazione, lei per guardare il movimento delle ossa del suo cranio, vicino agli occhi, quando mastica.

Il padre sale in auto senza che la ragazzina sappia dove sta andando, cosa che capita anche quando lei lo accompagna. A volte lo accompagna, altre volte lo aspetta sul balcone oppure dentro casa.

La terza sorella spia il padre fino a quando entra in auto e si allontana lasciandosi dietro il cortile deserto. Poi comincia a saltare davanti allo specchio grande.

Al centro del salotto lo specchio grande riflette la bellezza di chi gli passa davanti.

Per tutto il tempo in cui il padre è assente, le mani della terza sorella non smettono di usare il pettine. Una volta si pettina i capelli tutti in avanti, un'altra tutti all'indietro, da un lato e poi dall'altro, assumendo ogni volta una posa diversa. Altre volte ancora si fa cento trecce, oppure centocinquanta. Una volta ne ha fatte duecento. Possiede molte boccette di smalto per le unghie, lo stende e poi lo toglie di nuovo. Sul bordo inferiore dello specchio si ammucchiano, sopra i capelli che le sono caduti dalla testa, batuffoli di ovatta colorata.

Da lontano, accanto alla finestra, sembra che, nel suo tentativo di farsi bella, stia danzando senza musica. La ragazzina la guarda da dove è seduta, immobile, a eccezione dello sguardo che si sposta dalla sorella al cortile, ben visibile dalla finestra del salotto. Aspetta che il padre rientri. Di tanto in tanto la terza sorella distoglie lo sguardo dallo specchio per rivolgerlo verso la stessa finestra, anche lei in attesa del ritorno del padre, preoccupata che possa sorprenderla mentre è intenta a compiere i suoi movimenti di bellezza.

VII

Il padre possiede due paia di scarpe, uno vecchio e l'altro nuovo. Quando lui è in casa, la ragazzina si infila le scarpe vecchie e comincia a camminare trascinando lentamente i piedi. Quando solleva un piede per aria, quello si alza senza la scarpa e, se corre, le scarpe volano via.

Quando il padre vuole uscire, reclama le sue vecchie scarpe. Così le scarpe nuove restano nuove.

Prima di dargliele, la ragazzina prende le sue piccole scarpe e, mentre lui è occupato a infilarsi le sue, di scarpe, lei corre verso l'auto. Quando il padre si avvia alla macchina, la trova già lì, seduta sul sedile anteriore. Non si muove e non si muoverà, resta ferma con le sue piccole scarpe in mano.

Attraverso il finestrino la ragazzina osserva i cordoli del marciapiede correre veloci, finché non sembrano più mattoni, ma linee. Immediatamente sopra c'è l'erba o la terra che, malgrado la velocità, sembrano ancora erba e terra. Poi vengono gli alberi, lenti come donne anziane. All'orizzonte ci sono le case che non si muovono, almeno fino a quando non sono molto molto lontane.

Quanto al sole, a volte arriva sul parabrezza o sul finestrino laterale, dove resta incollato. Non si muove mai, a meno che non si muova anche il giorno. Così i tre passeggeri rimangono insieme fino al ritorno a casa.

La ragazzina scende dall'auto e rimette in moto i piedi dopo essere stata seduta lungo tutto il tragitto.

I piedi intorpiditi fanno sì che la brezza che attraversa il cortile la faccia camminare barcollando leggermente, trascinandola a destra e a sinistra, all'indietro e in avanti, fino al primo gradino della casa, dove si trovano le scarpe vecchie del padre, arrivate lì prima di lei. Sul gradino, mentre è occupata a togliersi le scarpe per infilarsi ai piedi quelle del padre, il vento si alza di nuovo e torna a giocare con le foglie di ulivo ammassate dalla famiglia di contadini che è venuta a raccogliere le olive.

Una madre, un padre e cinque figlie, seduti insieme in fondo al cortile davanti al capanno allestito per loro e per conservare il raccolto. I contadini separano le foglie e i rametti dalla raccolta mattutina, mentre la figlia maggiore si pettina ininterrottamente i capelli neri e lisci, lunghissimi. Sempre nello stesso verso e compiendo lo stesso movimento, dall'alto verso il basso, davanti a tutti, anche davanti al padre della ragazzina che, a volte, durante il giorno, siede con la famiglia.

La figlia maggiore continua a pettinarsi i capelli, gettandoli da un lato e poi dall'altro, cosa che la terza sorella non aveva mai fatto fino a quel giorno di quella stagione del raccolto. Il padre reclama le sue scarpe vecchie. La ragazzina si precipita verso la scarpiera per prendere il suo piccolo paio e corre in cortile.

L'auto è parcheggiata al centro del cortile. Il padre aspetta accanto all'automobile, scalzo. Nell'auto siede la figlia maggiore. Sul balcone sono ferme, in piedi, sua madre con le altre sorelle e, nel cortile, la madre della famiglia dei contadini e le sue figlie.

La ragazzina cerca di entrare nell'auto, ma il padre la spinge via. Getta le scarpe e salta sul cassone scoperto dell'auto. Dopo essersi infilato le scarpe, il padre monta su e la fa scendere. La madre comincia a gridare contro di lui, e la madre della famiglia dei contadini comincia a urlare contro la figlia maggiore. Le sorelle stanno ferme in silenzio e anche le altre ragazze stanno ferme in silenzio. Non appena il padre rimonta nell'auto, la ragazzina risale, allora lui esce di nuovo e la fa scendere, poi ritorna in macchina e così via, finché la madre l'afferra e la porta via dopo avergli sputato in faccia.

L'auto parte, allontanandosi nel cortile con la figlia maggiore. La madre rientra in casa, con dietro le sorelle, mentre la madre della famiglia dei contadini e le sue figlie rientrano nel capanno.

Si sente un grido.

Nel vano della porta, al centro del capanno, un uomo è sospeso per aria.

Quando la ragazzina si abitua alla penombra, si accorge che il padre della famiglia dei contadini è appeso a una corda fissata al soffitto. Il corpo oscilla a destra e a sinistra, all'indietro e in avanti sotto l'effetto del vento dolce che lo sfiora.

VIII

La processione delle donne avanza inesorabile, al ritmo dei canti che si riversano dalle loro lingue.

La ragazzina è travolta dal movimento delle lingue e delle labbra, dalle mani della donna a capo della processione che battono sul tamburo, seguita dalle altre donne che battono freneticamente i palmi.

Nessuno sa quanto tempo sarebbe durato il momento della separazione, malgrado la precisione calcolata di ogni movimento.

Ogni sorella, in base all'ordine d'età, passa ad abbracciare la sposa seduta sullo scranno nuziale. I suoi occhi abbracciano il muro bianco che si staglia dietro le sorelle.

Poi escono in cortile.

La ragazzina regge un bordo dell'abito bianco, infila il piede destro e poi la testa nello sportello dell'auto aperto ad accoglierla, mentre la mano sinistra regge il bouquet e l'acconciatura da sposa.

Lingua

I

Non importa quanto sia buio il cortile, la parte all'ombra è sempre più buia.

Da un po' di tempo la ragazzina sta ferma nello stesso punto a osservare la sua ombra che si fa sempre più vicina. Il cortile di casa somiglia a quello della scuola, ma l'ombra è diversa. Nel cortile della scuola i ragazzini giocano e saltano, e l'ombra di uno si confonde con quella di un altro e con quella di tutti gli altri. Ci sono molti ragazzini, in ogni punto e su ogni lato, si disperdono in tutte le direzioni e si strattonano perdendo i bottoni delle camicie. Le loro parole si mischiano e a scuola parlano in maniera diversa da come parlano a casa.

Il giorno della prima lezione di arabo, la maestra ha dato come compito a casa il dettato della prima unità.

A casa ognuno è impegnato a discutere con qualcun altro. La ragazzina aspetta che smettano di parlare per chiedere cosa significhi la parola "dettato". Stanno ancora parlando quando il sole è scomparso dal cielo, così lei va a dormire. Prima della seconda lezione di arabo, i ragazzini avevano ricopiato sul quaderno il compito della prima unità.

La maestra, passando da un banco all'altro, controlla i quaderni e pone sempre la stessa domanda: "Hai fatto il dettato da solo?" E i ragazzini rispondono: "No, mio fratello mi ha dettato la lezione."

La maestra si avvicina al banco della ragazzina. A casa ognuno era impegnato a discutere con qualcun altro, oppure con più di uno, e lei si era addormentata prima che smettessero di parlare.

La ragazzina allora risponde: "Sì."

Sul suo quaderno la maestra scrive la parola *male*, su quello degli altri aveva scritto *bene*.

L'ombra si fa ancora più vicina.

Nel cortile di casa la ragazzina grida:

"Maledizione."

Proprio come dicono i ragazzini nel cortile della scuola.

II

La madre osserva i vestiti della ragazzina e le dice di prendere il cappotto.

Il cappotto è in pelle nera con l'interno foderato di pelliccia. Tutti i cappotti dei ragazzini della scuola sono di panno con l'imbottitura in cotone. In mezzo a loro, con il suo cappotto, somiglia a una pecora nera a rovescio.

La ragazzina risponde alla madre:

"Non sta piovendo."

A metà della strada fangosa che porta a scuola, il mondo cambia colore e comincia a scendere la pioggia, che sarebbe continuata a cadere all'infinito.

Col passare del tempo, e di fronte ai continui rifiuti della ragazzina di indossare il cappotto, la madre ha preso l'abitudine di farglielo portare a scuola dal vicino.

I ragazzini sono già in classe molto prima dell'inizio della prima lezione perché piove e fa freddo.

La ragazzina guarda l'acqua scivolare sul vetro. Si avvicina e vi alita sopra per scrivere velocemente le parole che ha imparato. Le guarda finché non scompaiono. La porta potrebbe aprirsi a ogni istante per far comparire nel riquadro il vicino con il cappotto nero. Eccolo che entra. Tutti gli occhi lo seguono in silenzio. Posa il cappotto sul banco, poi esce portandosi via il silenzio mentre la stanza si riempie di nuovo di un chiacchiericcio incomprensibile.

All'uscita di scuola i ragazzini le fischiano dietro e dicono che il vicino è innamorato di lei.

Attraverso lo specchietto retrovisore fissato al centro dell'automobile non riesce a distinguere le prime gocce di pioggia che cadono nel cortile di casa, ma nota l'assenza delle sorelle che, solo fino a pochi minuti prima, giocavano all'aperto. L'acqua comincia a scivolare sul vetro del finestrino in rivoli separati. Poi, quando la pioggia comincia a cadere più forte, lo ricopre del tutto. Dietro di lei, il mondo cambia la sua curvatura dopo ogni goccia che cade, finché la pioggia smette del tutto.

La ragazzina apre lo sportello dell'auto e cammina nel cortile, poi nel fango, fino all'albero che si trova accanto alla casa del vicino. Rimane in attesa.

All'inizio, dietro il vetro della veranda, il vicino le sembra curvo, ma la curvatura scompare dopo che si è chiuso la porta di casa alle spalle. Poi i due chiudono lo sportello dell'auto. Hanno chiamato il loro gioco *r-o-m-a*, "amor" alla rovescia, per mantenerlo segreto.

III

Ogni sera la ragazzina va a letto per obbedire al sonno, stasera va a letto per obbedire alla madre.

Di tanto in tanto, attraverso la porta che separa la sua stanza dal salotto dove tutta la famiglia è riunita, sente dei frammenti di parole "lzoni", "ttana", "Dio", "gazzini", "acciona", "atila". Quest'ultima è particolarmente difficile. Poi sente il tasto del televisore che viene schiacciato. Riesce appena a sentire da dietro la porta, e "atila" si trasforma in "abra e atila". Con qualche sforzo diventa "Sabra e Shatila".

I fichi d'india e le piante grasse, che in arabo si chiamano *sabr*, sono sempre le stesse ovunque si trovino, ma non sa se queste piante nascono da altre piantine, in arabo *shatl.* Dorme finché non viene svegliata dal rumore del miele girato nel latte. Seguendo il rumore arriva nella camera dei suoi genitori.

Il padre e la madre non hanno smesso di parlare da quando è calata la notte fino a quando il sole ha sfiorato il tappeto che separa i loro letti.

Come al solito non capisce di cosa parlano e si distrae guardando il grande quadro appeso sopra il letto della madre. Raffigura una donna con un abito verde scuro che le lascia scoperte le spalle, mentre coglie dell'uva verde chiaro da un pergolato verde normale.

Quando il sole entra nella stanza, il padre accende la radio che si trova tra il suo letto e quello della madre. Ma oggi, prima di farlo, fanno uscire la ragazzina dalla stanza e la spediscono a scuola.

A scuola i ragazzini parlano a voce talmente bassa che si sentono gli uccelli cantare.

La ragazzina sta in piedi, in fondo al cortile della scuola, e guarda verso il basso dove una pianta di *sabr*, che è parte della parola *Sabra*, grande quanto un asino è in parte coperta da un asino che si è piazzato proprio lì davanti. Rimane ad aspettare che l'animale si sposti per imprimersi bene nella memoria la parte mancante della pianta. Il suo sguardo fisso sull'asino non le impedisce di cogliere una conversazione. "Mio Dio", "Sabra e Shatila", "le immagini del notiziario", "che orrrrrrrrrrrr"... *rrrrrrring* fa la campanella che annuncia la fine della ricreazione.

Nel bel mezzo della lezione, si sente un forte "Yeeeeeee" provenire da alcuni alunni. Tutti gli altri si voltano, e la maestra si avvicina a un banco dove uno di loro tiene tra le mani un righello dove ha scritto "Palestina". La maestra dà allo scolaro due opzioni: o cancella subito la scritta oppure getta il righello nel cestino della spazzatura che sta lì nell'angolo. Il ragazzino scrolla le spalle tenendo il righello in mano, come la donna dalle spalle scoperte nel quadro sul letto della madre tiene in mano i grappoli d'uva. Quando la maestra lo strattona per una spalla, la sua camicia fa come il vestito della donna agganciato a un ramo della vite. Alla fine, la sedia su cui è seduto crolla sul pavimento.

La maestra si avvia verso la porta ed esce trascinando l'alunno per la camicia. Nell'uscire, la maestra affida alla ragazzina l'incarico di sorvegliare la classe in sua assenza.

La ragazzina si avvicina alla cattedra della maestra, sposta la sedia e si siede. Guarda gli alunni, che hanno lo stesso sguardo indifferente come quando è seduta tra di loro, anche se ora li accomuna il fatto che non hanno capito cosa sia accaduto. La ragazzina volta la sedia e si ritrova di fronte alla lavagna, verde e vuota. Nel quadro, il vestito della donna ha lo stesso colore dei fichi d'india. La ragazzina cerca di capire il significato delle parole "Sabra e Shatila". Forse si tratta di una sola parola. Anche il significato della parola Palestina non le è chiaro, l'unica cosa certa è che è proibito usarla. Il verde della lavagna è uguale a quello dei fichi d'india. Raccoglie un pezzo di gesso come fosse un grappolo d'uva e lo sfrega sulla lavagna. "Io sono un asino."

Gli alunni guardano la ragazzina prendere il gesso e, quando si accorgono di quello che ha scritto, decidono di non parlarle mai più.

IV

La ragazzina si sveglia al rumore e al profumo delle cipolle che sfrigolano nell'olio. Scosta la coperta e va nella stanza dei genitori. I due letti sono già stati rifatti.

Fuori, il fratello e le sorelle si riposano sul balcone. Lei domanda dove sia il padre e quelli rispondono che è partito. Chiede di nuovo: "Dov'è andato?"

Il fratello risponde che è andato a Talluziya, un posto che ha inventato lì per lì, ma ha detto che, non appena si fosse alzata, avrebbe dovuto raggiungerlo.

La ragazzina osserva i denti e le lingue delle sorelle che non la smettono di ridere e anche la bocca del fratello, che le chiede se ha voglia di andare con lui.

"Ma dove?" chiede lei.

La risposta, come al solito, è "Alla merda della mamma di Husayn, io dico *cacca* e tu dici *ok*."

Sporgendosi dal bordo del balcone, si mette a guardare verso la strada cercando l'auto del padre in mezzo alle altre.

Prova a calcolare quanto sia lontana Talluziya. Trenta macchine per l'andata, trenta per il ritorno, e venti per il tempo che rimane lì. Se non arriva, ne conterà altre venti.

La ringhiera del balcone è calda, vi incolla il suo corpo più che può, mentre continua a tenere d'occhio le automobili.

Finora, le auto sono venticinque.

La ringhiera è diventata rovente e in cielo ci sono soltanto tre nuvole. Si volta verso il balcone, il fratello è steso a terra con gli occhi chiusi e le mani sotto la testa. Le sorelle parlano a bassa voce con le teste vicine l'una all'altra. Quella della seconda sorella è nascosta dietro un libro aperto.

Il balcone l'ha distratta dalle auto. Invece di contarle, conta le mattonelle sotto ciascun corpo. Quello del fratello occupa il maggior numero di mattonelle.

Ritorna alla strada vuota e alla vuota calma, solo di tanto in tanto si sente il rumore di una pagina che viene voltata. Poi la voce del fratello rompe il silenzio per un po'. Non si rivolge a nessuno in particolare, dice di aver sentito il padre affermare che avrebbe portato una bicicletta alla ragazzina. Aggiunge che, una volta arrivato con la bici, il padre ci si sarebbe seduto sopra e l'avrebbe rotta perché è troppo grande per una bicicletta così piccola.

Scoppiano di nuovo tutti a ridere.

Scende dal balcone e si avvia verso la porta. Prima di chiudersela alle spalle, il fratello le giura di aver visto un colombo farle pipì sulla testa.

Distesa sul letto, la ragazzina si rivolge a Dio, supplicandolo con tutte le sue forze di esaudire la sua preghiera:

"Signore, fa' che mio fratello muoia."

Il giorno dopo il fratello è morto.

V

Dopo i funerali, la madre lascia la camera che condivideva con il padre per trasferirsi in quella delle sorelle. Non esce quasi più, e neppure le sorelle. Si direbbe che in quella casa non abiti più nessuno.

I primi tre giorni, la ragazzina entra nella camera delle sorelle quando vuole, rimanendo un po' a guardare il volto della madre o a osservarla mentre prega.

Sul volto della madre si mischiano tristezza e preghiera. Piange pregando, e le parole della preghiera escono a singhiozzi, le lacrime cancellano alcune lettere o parole intere, come quando la pioggia ha bagnato il quaderno del dettato.

Ogni preghiera termina con una supplica a Dio perché perdoni il fratello per i suoi peccati e lo accolga in Paradiso, e le sorelle si accodano con un *Taqabbalallahu*, Dioaccogliquestapreghiera.

La ragazzina non riesce a capire questa parola, ma la ripete, sempre per ultima, perché le sorelle sono più veloci di lei a pronunciarla. La prima a farlo è l'ottava sorella. La madre replica: "E anche le tue preghiere," con una voce calda e lenta poi, man mano che le sorelle procedono, la voce diventa sempre meno calda e lenta, finché arriva il turno della ragazzina.

C'è anche quell'orribile rumore che fa la porta quando si apre, perché urta contro il pavimento della stanza, segnato da solchi a forma di semicerchio. Quando la accostano, quella non si chiude mai completamente, neppure al secondo tentativo. Con lei non si chiude neppure al quinto tentativo. Allora la ragazzina la sbatte forte, e quella si chiude facendo un rumore terribile e provocando le proteste di tutta la famiglia.

Un giorno la madre si è lamentata parecchio.

Ora la ragazzina si mette dietro la porta e aspetta che una delle sorelle la apra per farla entrare o uscire. Da tempo ha smesso di prendersela con la porta. A volte rimane ad aspettare dalla mattina fino a mezzogiorno e ascolta le poche parole che vengono pronunciate: "Smettila di piangere". "Centocinquantatré". "Zitta, mamma dorme". "Vostro padre è tornato?". "No". "Dov'è vostra sorella piccola?"

Lei, da dietro la porta, risponde: "Sono qui."

La madre non si rivolge più a qualcuno in particolare e non pronuncia più il nome di nessuno. Ha cominciato a parlare come la maestra di arabo quando spiega i pronomi. Le sorelle nella stanza sono *voi*, la ragazzina è *lei*, anche se si trova lì in camera. Dopo la morte del fratello, il padre è diventato l'unico *lui*.

"Lei ha mangiato qualcosa?"

"Sì."

La ragazzina strilla: "Non è vero!"

"Le abbiamo dato da mangiare." Poi "Tu, non tu, sì... vai... tuvaitusìvaivai."

La porta si apre. Lei prova a entrare, ma l'ottava sorella la spinge fuori con la forza. Lei cade per terra. Il tempo di rialzarsi e la porta è di nuovo chiusa. Il desiderio di entrare nella camera delle sorelle rimane anche quando è concentrata a mangiare quello che le hanno messo nel piatto, quando mastica, quando ingoia, e quando il piatto viene lavato. Mentre l'ottava sorella lava il piatto, la ragazzina rimane incollata alla porta.

Poi l'ottava sorella arriva e, appoggiandosi alla porta, la guarda scuotendo la testa a destra e sinistra. Il tempo passa tra questi sguardi, mentre arriva all'improvviso come un battito di ciglia.

Di colpo l'ottava sorella la getta a terra. Cade sui gomiti senza gridare affinché la madre non si lamenti per il rumore. Da terra la vede aprire la porta. Raccoglie le forze e si getta nello spiraglio tra la porta e lo stipite, scaraventandosi a terra sul pavimento della camera. Ci sono molti occhi e molte orecchie nella stanza. Tutti sentono l'ottava sorella che dice: "Le ho dato da mangiare, poi mi ha seguita e mi ha picchiata."

Prova a dire qualcosa, ma le parole svaniscono e le lettere non sono più in ordine. Però c'è ancora la sua mano. Allora la lancia, al posto delle parole, tra i capelli dell'ottava sorella mentre la mano della madre si infila tra i suoi capelli e la trascina fuori dalla stanza.

"Vai fuori. Mi vuole ammazzare. Se solo potessi morire."

La ragazzina è seduta davanti alla porta della camera. Nella sua gola, la perdita della voce si mischia alla perdita dell'appartenenza al pronome *voi.*

VI

Le linee un tempo prive di senso ora sono parole che creano mondi. Questi mondi stanno dietro i vetri puliti della libreria.

La ragazzina comincia dal principio, con il primo libro sul primo scaffale:

"Al... Alex... xan... dre Dumas."

I tre moschettieri – I, stesso titolo di prima – *II*, poi – *III*. Sono libri voluminosi. Passa al quarto.

"Dos... Dosto... evs... skij... evskij."

Delitto e castigo. È meno voluminoso.

Appoggia la mano sulla vetrina per prenderlo, ma quello resiste. Quando ci riprova con più forza, si accorge di aver lasciato le impronte delle mani sul vetro pulito. Velocemente vi soffia sopra il suo alito caldo e strofina con un lembo della camicia. Il vetro è di nuovo pulito. Affinché il vetro resti pulito, infila la mano all'interno della manica, ricomincia a tirare e, finalmente, ci riesce. Il vetro risuona come una pietra gettata in una caverna.

Si siede e infila la testa nel libro, aspettando che il fruscio della prima pagina voltata spezzi il silenzio della stanza.

La prima parola va via veloce, si tratta del nome di suo padre. Poi il tempo sulla pagina comincia a scorrere lento, le parole si allontanano e non sembrano più legate l'una all'altra, ma lei è determinata a voler leggere fino alla remota fine del libro.

Legge una parola in arabo classico, poi la ripete nella musicalità dell'arabo parlato. Le parole dell'arabo classico sono per la maggior parte vicine a quelle del parlato. Comunque, in ogni rigo ci sono almeno tre o quattro parole incomprensibili, parole che incontra per la prima volta.

All'inizio prova a cercare il significato di una parola tra le cose che la circondano, oppure pensa a qualcosa che non ha ancora un nome e a cui la parola potrebbe adattarsi, ma le parole della lingua parlata hanno già dato un senso a tutto. A un certo punto le parole incomprensibili si moltiplicano fino a riempire tutta la pagina. Non può continuare a ignorarle.

La ragazzina comincia lavorare di fantasia, affrettandosi ad accostare la cosa immaginata alla parola nuova, prima che la parola parlata la anticipi.

VII

Per giorni e giorni i libri e la ragazzina si prendono per mano, finché arriva al terzo scaffale.

Distesa sul letto, sotto un lenzuolo leggero o una coperta pesante, immerge la testa in un racconto breve o in un lungo romanzo.

Le parole scritte portano il suo sguardo ovunque. Quale che sia, il libro si frappone tra gli occhi della ragazzina e tutti gli altri occhi della casa, nascondendo il suo mondo in perenne trasformazione. Se, di tanto in tanto, questo mondo si svela, è sotto forma di parole lette, mai ascoltate. Quindi rimane in silenzio.

Riguardo alle sorelle, le legge in un pezzo di carta o in un diario ben nascosto sotto un materasso, in un cassetto, o dietro un quadro appeso al muro. Il mondo del padre si rivela da dentro un cofanetto verde pieno di carte, in mezzo alle scatole degli attrezzi che servono a riparare l'automobile. Avvenimenti condivisi e sentimenti simili si confondono in ogni foglio e quaderno, e il mondo della casa, sotto gli occhi della ragazzina, si moltiplica in mondi distinti e in contrasto l'uno con l'altro. Legge e rilegge più volte tutti quei fogli, senza essere vista da nessuno. Si avvicina al mondo di ognuno, a eccezione di quello della madre, che non scrive. Avvicinarsi al suo mondo non scritto è impossibile.

La madre non sa leggere, altrimenti avrebbe potuto condividere il mondo della ragazzina, formato da molteplici mondi che esistono nei libri del primo e secondo scaffale, fino a metà del terzo.

Ogni nuovo giorno e ogni nuovo libro aumenta la distanza tra loro: la madre aspetta che la ragazzina la smetta con quei libri che la separano da lei, la ragazzina aspetta che la madre li legga. Le loro lingue non possono incontrarsi che in un litigio che accelera la loro separazione.

VIII

La madre dice: “Il padre tradisce la madre.” Il padre dice: “Il padre non tradisce la madre.”

La ragazzina non sa da che parte stare. Gli altri, che hanno scelto la prima opzione, pensano che lei abbia scelto la seconda.

Giorni interi trascorrono senza che la ragazzina senta una singola parola uscire dalla sua bocca. Le uniche parole sono quelle allineate ordinatamente sulla pagina. La possibilità di scegliere tra pronunciare le parole o leggerle le è stata sottratta e trasformata in punizione a causa del suo rifiuto di prendere una posizione. Ora non può fare altro se non immergere la testa in un libro. Il ricco mondo della lettura si è trasformato in un mondo di solitudine.

Una sera, il vetro della libreria si richiude sull’ultimo libro del quinto scaffale. *Come imparare il turco in una settimana.*

La ragazzina abbassa gli occhi verso l'angolo del primo scaffale. Alexandre Dumas, *I tre moschettieri*, in tre volumi. Al terzo volume è appoggiato il suo primo libro, *Delitto e castigo*.

Lascia la libreria per camminare un po' nella casa buia. Ma *Delitto e castigo* non la abbandona. L'immagine ricorrente è quella dell'assassinio della donna, poi quella dell'accetta.

Si siede accanto al camino, il cui calore proviene dall'ultima brace rimasta. Ascolta il respiro degli altri, delle altre, che dormono. A volte, di notte, l'ottava sorella parla nel sonno. Anche se non si capisce quello che dice, lei la ascolta con attenzione.

Adesso ascolta attentamente il respiro ininterrotto della madre.

Tra il sonno della casa e quello della ragazzina c'è solamente la notte. Le uniche a essere rimaste sveglie sono le stelle, le luci della strada e le terrazze deserte. Traccia delle linee tra i punti di luce e prova a leggerle. Sopra queste parole, oppure sotto, spuntano come stelle cadenti i segni diacritici dell'arabo. Rapida e lieve come una stella cadente, ruba i diari delle sorelle per leggerli e scriverci, ogni notte, per ogni sorella, le parole delle stelle, senza che questo influisca sulla punizione quotidiana ed eterna del silenzio.

La punizione del silenzio verrà revocata una sola volta, quando la madre si ammala e il padre la porta in ospedale, mentre lei rimane in casa con le sorelle. Dopo qualche tempo cominciano a scambiarsi le prime parole, a dispetto del potere del silenzio. Lei allora chiede: "La mamma morirà?"

La prima sorella risponde con uno schiaffo.

Il segno della mano sulla guancia della ragazzina è caldo e rosso come ceralacca. Il calore somiglia a quello della brace del camino quando viene rimestata. Un'altra mano scuote la porta difettosa della camera delle sorelle per chiuderla. Improvvisamente, sente una voce dietro di lei.

L'ottava sorella dice di aver letto quello che la ragazzina ha scritto sul suo diario. Tutte hanno letto quello che ha scritto. Il loro silenzio non era un segno di mancanza di amore. Il tradimento del padre, quello era invece un segno di mancanza di amore.

La ragazzina risponde: "No."

Non scegliere tra la dichiarazione del padre e quella della madre. E non scrivere mai più sui diari delle sorelle.

Il muro

La sposa siede da sola sullo scranno nuziale con lo sguardo che abbraccia il muro.

Il tempo passa come passano le sorelle, la cui fila si avvicina sempre di più alla fine, mentre lei abbraccia il muro sempre più forte.

Tutti la guardano, mentre lei guarda oltre.

Verso il muro.

Riempie tutto lo spettro visivo. Tra i punti in rilievo sul muro traccia linee in ogni direzione, e più si avvicina la fine delle sorelle, più forte stringe con le dita il bouquet di fiori. Tra i punti in rilievo traccia con lo sguardo linee da un punto all'altro. Non c'è via di scampo.

Non possono più aspettare. Il corteo di auto deve mettersi in moto.

L'auto porta via la ragazzina vestita da sposa.

I suoi occhi sono fissi sullo specchietto retrovisore fissato al centro dell'automobile, e guardano la casa che si allontana.

Postfazione

di Monica Ruocco

La scrittrice palestinese Adania Shibli ha raggiunto una notorietà mondiale quando il suo romanzo *Un dettaglio minore* (La nave di Teseo, Milano 2021) è stato tradotto in diverse lingue europee, dopo essere stato pubblicato in arabo nel 2017 per la prestigiosa casa editrice libanese Dār al-Ādāb. Suddiviso in due parti, il romanzo compie un salto temporale dal 1949 ai nostri giorni per raccontare le violenze subite dal territorio palestinese e dai suoi abitanti, sottoposti da diversi decenni a tentativi di cancellazione e disumanizzazione da parte degli occupanti. Con lucidità, acume e precisione straordinarie, Adania Shibli ha saputo costruire una narrazione caratterizzata da due ritmi contrapposti, lento e spazioso il primo, rapido e sincopato il secondo, che traducono perfettamente i movimenti della storia su quei territori.

La stessa narrazione lucida, acuta e precisa caratterizza il romanzo qui in traduzione, e in cui le lettrici e i lettori che hanno apprezzato *Un dettaglio minore* ritroveranno molti tratti comuni. Innanzitutto la protagonista, una giovanissima ragazza che si muove con un certo disagio in un contesto spesso ostile e incomprensibile sullo sfondo di un paesaggio dominato dalle colline palestinesi. Poi i personaggi che non hanno nome ma non per questo sono meno delineati e meno intensi: quelle donne e quegli uomini resi "fantasmi" dalla violenza dell'occupazione, espressione e conseguenza di una politica coloniale con cui l'Occidente non ha ancora fatto i conti, e a cui Adania Shibli cerca di restituire un volto e una voce. Infine, l'attenzione ai dettagli, quelli apparentemente minori e insignificanti, un buco nei pantaloni, l'acqua che si rovescia sul pavimento del bagno, il movimento morbido dell'erba nel campo, il tintinnio dei bracciali d'oro al polso della madre. Dettagli che, con estrema precisione, immergono chi legge nello stato emotivo della situazione descritta.

Il titolo originale del romanzo, *Masās*, è di difficile resa in italiano, in quanto esprime l'azione del "contatto", un atto fisico ed emozionale allo stesso tempo. Il romanzo, pubblicato nel 2002, ha ricevuto il Young Writer's Award-Palestine dalla londinese A.M. Qattan Foundation per l'originalità e il ritmo della costruzione narrativa, l'innovazione linguistica e l'efficacia della prosa.

Al centro della vicenda, le esperienze di vita quotidiana della giovanissima protagonista suddivise in cinque brevi e intensi movimenti che riprendono i cinque sensi. La narrazione è ambientata in una cittadina su cui incombono la fissità della dimensione temporale e il dramma della vita quotidiana sotto l'occupazione. In questo contesto la "ragazzina", di cui non sapremo mai il nome, cresce attraverso esperienze apparentemente eccezionali, ma che fanno parte del quotidiano orrore palestinese: la morte di un fratello, la vita in un ambito familiare severo e distante, l'impossibilità di proseguire gli studi e di costruirsi un futuro diverso. Di indole solitaria, la protagonista esplora l'universo che le sta attorno misurandosi con le sue asperità, le contraddizioni, il dolore, osservando la vita e la storia attraverso lo specchio del quotidiano e delle piccole cose.

Il romanzo si distingue per una lingua che è il fulcro del paradigma narrativo di Adania Shibli, la cui rigorosa semplicità è il punto di arrivo e, allo stesso tempo, la cifra caratterizzante della sua ricerca espressiva. Il testo, decisamente originale nel panorama letterario palestinese ma anche di quello arabo più in generale, è costruito come un caleidoscopio: mettendo insieme ogni piccolo prisma, si compone l'immagine di un mondo allo stesso tempo familiare, estraneo ed estraniante. L'attenzione ossessiva alla parola evocatrice di immagini attraverso la quale è possibile fotografare la realtà palestinese riflette, da un lato, l'inclinazione dell'autrice per il mondo delle arti visive e, dall'altro, un modo molto personale di fare letteratura.

L'importanza data all'immagine fa sicuramente parte del background della scrittrice che, nata nel 1974 nell'Alta Galilea in un villaggio all'interno del confine israeliano, vive attualmente tra Berlino e Gerusalemme. Dopo aver conseguito un dottorato di ricerca presso la University of East London in Media and Cultural Studies con una tesi sulle rappresentazioni mediatiche europee di eventi legati al terrorismo, Adania Shibli ha ricevuto una borsa di studio postdottorato presso il centro di ricerca EUME dell'Institute for Advanced Study di Berlino. Inoltre, ha insegnato in diversi atenei europei e asiatici e, dal 2013, ricopre collabora con il dipartimento di filosofia e studi culturali dell'Università di Birzeit, in Palestina.

I suoi primi lavori letterari attirano immediatamente l'attenzione degli scrittori e dei critici del mondo arabo. Dal 1996 si fa notare per i racconti brevi pubblicati su riviste letterarie palestinesi, tra cui "al-Karmil", diretta da Mahmud Darwish, e "Mashārif", fondata dallo scrittore Emile Habibi, e libanesi, tra cui "al-Ādāb", "Abwāb" e "Zawāya". Oggi i suoi romanzi e racconti sono tradotti in decine di lingue e vengono pubblicati in riviste di tutto il mondo. I suoi scritti comprendono anche testi teatrali, saggi e libri d'arte, tra cui *Dispositions* (Qattan, Ramallah 2012) e *A Journey of Ideas Across: In Dialogue with Edward Said* (HKW, Berlin 2014).

Anche se nei suoi lavori rimane centrale la realtà della Palestina, quella di Adania Shibli è una scrittura che diventa universale attraverso la profonda immersione in temi legati al rapporto tra finzione narrativa e realtà storica e alle relazioni tra gli individui in contesti di guerra. Dai "padri" della letteratura palestinese, Ghassan Kanafani, Emile Habibi, Muin Bseiso e tanti altri, che negli anni sessanta elaborano e sostengono una letteratura della *muqāwama*, ovvero della "resistenza", in cui l'autore è impegnato in prima linea per creare una parola militante che reclama l'identità di tutto un popolo, le scrittrici e gli scrittori della generazione di Adania Shibli hanno ereditato un vissuto storico della Palestina che è parte integrante della trama narrativa e poetica della letteratura della regione. Concetti quali *nakba* e *naksa*, che indicano rispettivamente il "disastro" del 1948 e la "ricaduta" del 1967, cioè la sconfitta della guerra dei sei giorni, rappresentano le tappe fondanti della storia palestinese, momenti di crisi ma anche di grande motivazione e ispirazione dal punto di vista letterario. A questi fanno seguito innumerevoli eventi che vedono il popolo palestinese vittima di guerre, distruzioni, assenza di libertà e discriminazione in una porzione di terra, divisa tra Territorio occupato e Striscia di Gaza, sempre più esigua e sempre più simile a un arcipelago formato da isole deliberatamente tenute distanti l'una dall'altra. Dal massacro nei campi profughi di Sabra e Shatila in Libano nel 1982 alla prima intifada del 1987, dai fallimentari accordi di Oslo del 1993 alla seconda intifada detta "intifada di al-Aqsa", scoppiata nel 2000, fino ai bombardamenti di Gaza nel 2008, nel 2014 e nel 2023 e alla drammatica situazione attuale, la cui barbara efferatezza nei confronti della popolazione palestinese va oltre qualsiasi umana accettazione. A questa costante violenza, il popolo palestinese ha risposto con un atteggiamento che in arabo si definisce *sumūd*, e che può essere tradotto come "fermezza" o, più banalmente, "resilienza", quella volontà ferrea di continuare, senza la minima esitazione, a rivendicare la propria esistenza e la propria storia costantemente negate dalla narrazione dell'occupante.

In un simile contesto, la più recente letteratura palestinese non è meno impegnata di quella degli anni sessanta e settanta, seguendo il percorso tracciato nei decenni precedenti da autori di una generazione passata. Due tra i più importanti poeti palestinesi,

Mahmud Darwish e Murid al-Barghuthi, sono tra i primi a rivendicare una scrittura che recuperi la bellezza e l'attenzione per i "dettagli minori" della vita degli individui e non sia più prigioniera di una esclusiva dimensione militarizzata dell'esistenza. Bellezza e ricerca formale, quindi, come forma estrema di resistenza. L'attenzione ossessiva e costante che manifesta Adania Shibli nei confronti della forma e della parola va al di là di un semplice e scontato discorso estetico. È, invece, il riflesso della rivendicazione di una importante e antica storia letteraria, oltre al rispetto per la propria lingua, che è elemento fondante di quella identità, memoria collettiva e soprattutto dignità che l'occupazione vuole a tutti i costi calpestare.

La soluzione narrativa di Adania Shibli, evidente in *Sensi*, è quella di una ricerca in cui forma e contenuto coincidono. La prosa lirica e rarefatta permette ad Adania Shibli di infilarsi nelle pieghe del quotidiano, la porta a esplorare reazioni e gesti apparentemente insignificanti, a soffermarsi su particolari che, alla fine, compongono il quadro estremamente sfaccettato e complesso della società palestinese, svelando il segreto di sentimenti umani universali. Il tono semplice, scarno, essenziale di *Masās*, la descrizione di cose modeste o banali, non priva talvolta di una certa ironia, rimanda ad altri artisti palestinesi, basti pensare, ad esempio, ai film di Elia Suleiman, dove l'atmosfera surreale fa da contraltare alla violenza vissuta come esperienza quotidiana. Questo guardare alla Storia solo apparentemente da lontano sembra l'unica maniera per affrontare una realtà atroce e umanamente insostenibile. Infatti, quando *Masās* è stato pubblicato, Adania Shibli definiva la propria esperienza creativa dell'epoca, la sua prosa stringata, semplice e studiatamente disadorna, come espressione di una sorta di autismo (*tawaḥḥud*), di indifferenza emotiva che, per migliaia di individui, è l'unico modo di difendersi dall'orrore.

La scelta di costruire il racconto attorno alle esperienze di una giovanissima palestinese, poco più che bambina, è particolarmente significativo, poiché le prime vittime della realtà che oggi sconvolge la Palestina sono proprio i bambini, colpiti da decenni di disordini emotivi e stress postraumatici da anni all'attenzione degli studiosi. Osservare da vicino l'intimità e l'istantaneità dei gesti di questa ragazzina non la allontana dalla storia collettiva del suo popolo, anzi restituisce umanità e un corpo a chi non è soltanto un numero, come i morti nella guerra a Gaza che, dopo poco più di tredici mesi dall'inizio degli attacchi nell'ottobre 2023, sono circa 45.000 secondo fonti delle Nazioni Unite. Negli anni immediatamente successivi alla scrittura e pubblicazione di *Masās*, tra la seconda intifada nel settembre 2000 e il maggio 2007, erano rimasti uccisi durante attacchi aerei, bombardamenti, scontri a fuoco, demolizioni di case, oppure ai posti di blocco imposti dalle autorità israeliane 872 minori palestinesi (fonte: *Defence for Children International. Palestine Section* [DCI], www.dci-pal.org). A oggi, dicembre 2024, gli attacchi contro Gaza hanno registrato quasi il 70 per cento delle morti tra donne e bambini e, sempre secondo la DCI, i minori uccisi sono oltre 16.920, mentre 25.973 sono rimasti orfani di uno o entrambi i genitori e molti altri sono ancora dispersi e sepolti sotto le macerie. I bambini palestinesi sopravvissuti soffrono una gravissima crisi umanitaria, sono esposti alla fame, al rischio di epidemie, ai bombardamenti, alla demolizione delle proprie abitazioni e dei campi profughi, al freddo che ne provoca la morte e a un costante esodo.

Da un punto di vista narrativo risulta quasi impossibile trasferire questo orrore che dura da decenni su una pagina senza correre il rischio di trasformare il testo in una denuncia politica o nella replica di uno dei tanti bollettini di guerra che ogni giorno accompagnano la vita dei palestinesi. Adania Shibli fa una scelta diversa, e decide di narrare questa realtà dolorosa attraverso bagliori di immagini e attimi di vita pura: le lacrime della madre sul volto del fratello, le lettere che si avvicinano a comporre le parole Sabra e Shatila e la difficoltà di sfilare un volume dalla libreria, il muro bianco e l'abito da sposa, gli occhi verdi del vicino, il silenzio della notte, il vento tra i campi, il paesaggio che corre veloce fuori dal finestrino dell'auto, il mondo che si curva dentro una goccia di pioggia. Le sfumate esperienze quotidiane di una giovane donna che, osservate con maggiore attenzione, diventano nitide come la tragedia di un'intera nazione.

E noi la seguiamo questa "ragazzina", da un quadro all'altro, da un'emozione all'altra, disarmati di fronte alla consapevolezza che per quella terra una giusta soluzione è ancora lontana.

Indice

Finito di stampare
nel mese di febbraio 2025
presso Puntoweb s.r.l.
Via variante di cancelliera, Ariccia (RM) – Italia